きっかけは
珈琲カップのなかに

清水美好
SHIMIZU Miyoshi

文芸社

今日を生きる君へ
ともに生きよう

目次

きっかけは珈琲カップのなかに

プロローグ

「いらっしゃいませ」

優しくて心地よい声の主は、デニムの長いエプロンをつけて、くせのあるくるくるとした髪を頭上で一つにまとめた四十代後半くらいの喫茶店を営む女性店主だった。

少子化と人口流出が激しさを増し、老朽化した建造物や黄土色のさびで覆われた看板、「レトロ」が代名詞のこの街に、シャッター街となりつつも、過去の華やかさになんとかしがみつこうと奮闘する商店街があった。その商店街の一角に、草花に外観を覆われた喫茶店がひっそりとたたずんでいた。木製の古びたドアがなぜか懐かしく、自然と引き寄せられるかのようにドアに手をかけた。ギーと渋い音を立ててゆっくりと開くドアの隙間から、豊潤な珈琲の香りがふわりと漏れて私を包み、喫茶店のなかへと誘った。店内は、その外観からは想像もできないほど綺麗な木目調の壁に、ココナッツで作られた小さくてお

プロローグ

洒落なライトがいくつも飾られ、薄暗い店内にほのかな明かりをもたらしている。天井から張られたカラフルなガーランドも、まるで異国に来たかのような気分にさせてくれている紛れもない要因なのだろう。

素敵な笑顔で迎えてくれた店主に導かれ、大きな窓の横にあるソファ席に案内された。ソファに座ると、目の前の窓から外の景色がよく見える。うっすらとレモンの香りを感じる水とメニュー表が運ばれてきて、店主は「注文が決まった頃に、また伺いますね」といって、キッチンのほうへ歩いて行った。和紙でできたMENUを開くと、左側には軽食だろうか、ピザトーストや焼きカレーなど魅力的なフードメニューが並び、急に空腹感に襲われた。右側に視線を移すとブレンド珈琲、ハニースペシャル、カフェオレ、カプチーノなどドリンクメニューが並んでいる。

もともと珈琲好きの私は、朝の目覚めの一杯を珈琲と決めている。もちろん、ブラックで。口のなかで広がる苦味と、濃厚な豆の香りが脳天めがけて広がり、心地よい目覚めと朝の訪れを実感する瞬間。ゆっくりと、身体の細胞一つひとつに豆の旨味が染み渡り、身体の細部が徐々に目覚めるのを感じる。

爽快で心地のよい朝は、愉快で楽しい一日を約束してくれる。珈琲と迎える何気ない幸福に満ちた朝の繰り返しが、今日を作り、明日を作っていく。

毎朝、珈琲のドリップと共に部屋中に漂う香ばしい香りは、ふと私に「生きる」ことを考えさせる。それがあまりにも香り高く、生きている喜びを感じさせるからだろうか。珈琲に「生きる」というテーマを重ねては、思いを巡らせる時間。

例えば、苦しい経験や体験という苦味が多いように感じる人生も、時にミルクやハニーのような味わい深い喜びや幸せがあることで、「生」に濃厚な甘みと奥深さが出るものだ。日々、人々との関わりのなかで感じる人の温かさや感謝の気持ち、愛や喜びという甘さは、悲しくて辛い時にこそ、心に染みる。とろけるような甘い恋は、珈琲に加えるシュガーそのものであるし、一方で失恋は甘みのないブラック珈琲のように、苦くてパンチの効いた忘れられない記憶になる。仕事で成功すれば、周りから評価され、認められ、満足感と幸福感に包まれる。その瞬間は、心地よく包み込むハニーの甘さに似ているが、逆に失敗をすれば責められ、否定され、豆と水の配分を間違えた薄い珈琲のように自分自身の存在がわからなくなってしまう時もある。そうやって、人々の感情が互いにブレンドされる社会で、どんなインパクトのある「私らしさ」を残せるのか。それを極めてきた。

「ご注文、お決まりですか？」

美しい鈴の音色のような声にハッとした。

「ブレンド珈琲をホットで一つお願いします」

珈琲豆とミル

キッチンの奥からガリガリと懐かしい音が響く。

「珈琲ミルですか？」

「そうなんです。うちはどんなに忙しい時でも珈琲の注文が入ると、珈琲ミルで豆を挽《ひ》いてから丁寧にハンドドリップすることにこだわっているんですよ」

今どき珍しい店主のレトロなこだわりが気に入った。

「最近は、珈琲一杯を淹れることさえ機械に頼る時代になりましたが、私は個人的にこのミルの奥ゆかしさとそこから生まれる新鮮な珈琲豆の香りが好きなものですから」

とキッチンの奥で話すどこか照れくさそうな店主の姿が目に浮かんだ。

「私もミルの奏でる音が好きなんです。今ではもっぱら機械に頼っていますが」

珈琲ミルの懐かしくも新鮮さを演出するその魅力を前に、機械という文明の利器に頼る自分が急に小さく見えた。

私の話に耳を傾けてくれているのだろうか。店主のミルのハンドドルを回すスピードが少しゆっくりになった。店主の心遣いに背中を押され、話を続けた。

「昔、まだ私が小さい頃、家の食器棚に片手に収まるほどの小さな木製の珈琲ミルがありました。初めて見る宇宙船を頭にのせたような木製のおもちゃを、食器棚の奥からそっと出しては付属のハンドルを回し、その用途など考えもせずによく遊びました」

気づけばキッチンから聞こえてくる音が変わっていた。ガリガリと聞こえていた音は、いつの間にかポタンポタンと小さいけれど、確かに響く優雅な音に変わっていた。ドリップが始まったようだ。

「それから時がたち、ある日母が食器棚を掃除していると、食器棚の奥からミルが出てきて、それを見た私は大好きなおもちゃだったなぁと一言つぶやいたんです。そしたら母は、目を丸くして遊ぶってどうやって？　と不思議そうにこちらを見つめていました」

当時の母の驚いた顔が鮮明に頭に浮かび、思わずにやけてしまった。それを感じ取ったのかキッチンの奥から店主が、

「お母さまびっくりしたことでしょうね。でも分かります！　珈琲も知らない子どもにとってミルって未知の発明品ですよね」

「そうなんですよ。そこで母がミルの用途を知らない私を前に、小瓶に入った黒い物体を六粒ミルのなかに入れたんです。母の手のなかでミルは香ばしい香りを放ちながら、ガリガリと音を立てていました。私にとって楽しいおもちゃでしかなかったミルの本当の素顔を知った瞬間でした。結局、その黒い物体は珈琲豆だったんですけど、何の変哲もないただの豆に命が吹き込まれたような気がしたこと、そしてあの豊かな香りを今でも鮮明に覚えています。あ、すみません。話してばかりで」

ふっと我に返り、だらだらと身の上話に華が咲いてしまったことを急に申し訳なく思った。すると、いつの間にかできあがっていた珈琲を手に、ゆっくりとこちらへ歩いてきた店主は、

「いえいえ。私も初めてミルの使い方を知った日からあの感動が忘れられません。ある人にとってはただのミルも、笑われてしまうかもしれませんが私にとっては革命なんです。それに……」

そこまで言って、店主は込み上げる笑いをこらえながら、持っていた珈琲をこぼさないようにゆっくりと机に置き、

「私も初めて挽いた豆から淹れた珈琲の苦さが忘れられません。お待たせしました、ブレンド珈琲です」

とくすっと笑った。

苦い珈琲と聞き、当時ミルの銀色に光るハンドルをゆっくりと回しながら、母が「珈琲って、昔は苦くて苦手だったけど今ではその苦味に趣を感じるよ。年をとるってそういうことなのかなって。シュガーやハニーの甘さも時にいいけれど、それでもやっぱり苦味は忘れられない刺激だよ」と語りかけるように話していたことを思い出す。苦味が忘れられない刺激になる。当時の私には、全く想像もできない感覚であり、その何気ない母の一言にこれから続いていく人生の大事な知恵が詰まっていたことなど思いもしなかった。未だ顔に笑顔が張り付いたままの店主に向かって、

「不思議ですよね。ミルをおもちゃだと思い込んでいた私と、ミルの用途を知っていた母。一つの物事は、それを見る人と、その見方によって大きく変わるものですよね」

と話しかけた。すると店主は、

「物事って、知ろうとしなければ何気なく過ぎ去っていきますが、そこに探求心があれば

新たな価値をそこに見出すことができます。それは人間関係も同じなのかなぁって。他人同士の関わり合いのなかで、相手を知ろうとする探求心と、そのきっかけがあってこそ、そこに新たな関係が生まれていくんじゃないでしょうか。でも、だからこそミルって奥深くて、一粒一粒の豆を確かめながらゆっくり挽く過程は、他人を知る道のりと似ていて好きなんです。私の探求心をくすぐるんでしょうね」

と言ってまたくすっと笑った。

物事のきっかけとは、他人の何気ない行動や、言動のなかに隠れているものだ。そして、その時気づくことができなかったきっかけも、後になって振り返ってみると今歩んでいる道の分岐点になっていたことに気づく。

「ちなみに恥ずかしい話ですが、母が作ってくれた六粒の豆から淹れた私にとって初めての珈琲は、その香ばしい香りにもかかわらず薄くて苦いのか、そうでないのかも分からないほど水の分量が圧倒的に多かったんです。珈琲に染まりきらない珈琲でした。でもあの日の一杯が、こうして年を重ね徐々に苦味と深みを増しているような気がしています」

あの日口にした珈琲に染まりきれなかった珈琲が、どこか当時の若さゆえの未熟さと素直さをまとった自分の姿と重なった。人は、良いことも悪いことも経験しながら大人になる。人生における苦味を知ってこそ、その裏にある甘さを知り、そうして私たちは一歩ずつ人間としての味わいを深め、成長していくのだろう。

苦味

机の上に置かれた湯気の立つ珈琲に手をのばし、一口飲んだ。強烈だけどどこか心地よい苦味が広がり、鼻から芳しい香りと共に抜けていった。これを豊かさと呼ぶのかもしれない。シュガーやミルクを加えないブラック珈琲だからこそ味わうことができる贅沢を噛みしめた。

ふと目の前の窓に目を向けると、学校からの帰りだろうか、ランドセルで背中が覆われてしまうほど小さな身体の小学生が、黄色いヘルメットをかぶり下を向いて、トボトボと歩く姿が見えた。学校で嫌なことでもあったのだろうか。そんなことを考えながらまた一口珈琲を嗜む。すると、カウンターでスプーンを磨いていた店主が、まるで私の心の声を聴いていたかのように、

「あの子いつもこんなに早い時間に一人で帰ってくるんですよ」

と同じように窓の外を見つめてつぶやいた。壁にかかっていた大きくて丸い時計を見ると、ちょうど一時を回った頃で、小学校の下校時刻にしては確かに早い時間だった。

「何か用事でもあるんですかね？」

と珈琲をまた一口。

「うーん、どうでしょう。でも、ああやって悲しそうに毎日ここを通っていくんです。学校で何かあったのでしょうか。例えばいじめとか」

磨いていたスプーンをかごに並べながら店主は心配そうな表情を浮かべた。

「いじめですか。最近は、私たち大人が想像もできないような過度のいじめが頻発し、多くの若者が命を絶っていますよね。私が小学生の頃もいじめは一種の学校文化で、私も昔はいじめにひどく苦しみました」

小学生の時から、いじめと縁があった。小学校低学年から始まったいじめありきの人生は、思っていた以上に長く続き、気づけば社会人になっていた。靴を隠されたり、机に落書きをされたりと、今となっては可愛いいじめが、なぜか年齢を追うごとに過激になった。それは奇妙で興味深い現象であり、その理由は今でも謎のままだ。年齢を追うごとに社会の規律が身に付き、善し悪しの判断もより明確に、そして正確にできるようになるのかと思っていたがそうでもないらしい。

忘れがたい苦い思い出は、中学三年生の冬。下駄箱に入れてある靴に悪口の雨が降っていた。靴の色が分からなくなるほどの悪口で覆われた靴を見て、心のなかで何かがプッンと切れた。それまでの数々の小さないじめが積み重なって、気づけば心のコップは悲しみという名の感情で溢れかえっていた。それと同時に訪れた死への憧れ。心が限界を迎えた瞬間だったのだろう。人生で初めて芽生えた、死を恐れるよりも強い、ここから消えてしまいたいと思う気持ち。どこにも行き場のない思いと、吐き出したいのに喉の奥につかえた鈍い痛みを伴う悲しみ。自分には何の価値もないように感じ、世界のどこにも自分の居場所なんかないという失望と孤独に襲われた。立ち向かう強さも、正義をかざし訴える勇気も全てが無意味に感じられた、寒さが染みる冬の夜だった。今思い返しても、苦い思い出だ。

カチンとスプーンとスプーンがぶつかり合う音がして店主が、「失礼しました」と申し訳なさそうに言った。スプーンを丁寧に磨きながら店主は、

「苦しい時というのは、誰にでも訪れます。そして何度も。人生における苦味は、その多くが人と強い関わりを持っていて、時に心を真っ黒に染めてしまうこともありますよね。

いじめって、子どもたちの人間関係に限ったことではなく、大人の世界にもしっかりと根付いていて、陰険さと皮肉さが入り混じった複雑化したいじめが目立ちます。社会人になると一層縄張り意識が高まるんですかね。私もまだ企業でバリバリ働いていた頃は社会人間のいじめに苦しみました。会社内のいじめにどんなに苦しめられても、いつも大人だからと自分に下手な嘘をついて、必死に人生をちゃんと生きているフリをしてきました」

と苦虫をつぶしたような面持ちで語った。そして、

「新しい風を取り込みたいと謳う企業でも、その理念や思いを全社員で共有することは難しいです。大きい企業であればあるほど上司からの陰険で、皮肉交じりの周りからは見えにくいいじめが多いように感じます。結局どんな組織でも『いい子』でいないといじめられたり、仲間から外されたりしますよね。逆に『いい子』すぎると、妬まれ、それがいじめにつながることもあります。でもみんなが言う世間的に『いい子』が何か、実は誰も知らないんじゃないかと思うんです」

過去の記憶に思いを巡らせるように話す店主の面持ちが曇った。

そんな店主の姿がどこか自分と重なった。

「人生を必死に生きているフリですか。私も考えてみると、小さい頃からそうやって生きているフリをしてきたのかなと思います。生きているようで、中身がない。そうやって偽って歩む人生ほど辛いものはありませんよね」

そう言って珈琲を一口飲んでから続けた。

「実は私転職したんですけど、以前働いていた会社で皮肉ないじめに苦しみました。小学生の頃からいじめられっ子気質だったので、上司にいじめを受けていた時、さすがに自分にも落ち度があるのではと疑い始め、退職を決めたその日に直接上司に理由を聞いたんです」

「え？　すごい。思い切りましたね。それって大事な勇気ある行動だと思います。それで上司の方はどうしたんですか？」

店主は、スプーンを磨いていた手を止めた。興味をかきたてられたようなギラギラ光る店主の瞳がこちらに向けられている。

「それが上司から返ってきた返事は、『なぜって、嫌いだから』の一言だったんです。あまりにもシンプルな返答に、唖然とし結局何も言えずにその場を去りました」

最近のニュースでも、いじめを原因として命を絶ったり、その反動で他人を傷つけたり、いじめに端を発する副作用のような事件が後を絶たない。そして、それは小中学生だけの問題ではなく、大人にも頻繁に降りかかる苦痛として取り上げられることが多くなった。

さっきまで私に向けられていた店主の瞳は、すでにスプーンに移されていた。

「私もこの喫茶店を始める前は一般企業に勤めていたんですけど、人間関係に問題を抱えていて、当時の私にはその状況を一人で乗り切る強さも勇気もなかったんです」

と店主は磨いていたスプーンを今度は、フォークに持ちかえ続けた。

「いじめって他人から見えづらいからこそ根の深い問題で、『いじめられている』と他人に話せば、いじめられている側にも非がある、責任があると言われますが、絶望の淵に立っている側にとっては痛い言葉ですよね。それは、最終的に自己肯定感の欠如や、自己の存在意義を疑うきっかけとなって、それを恐れて相談さえできない底なし沼のような地獄なんです。だから上司の方に思い切っていじめの理由を聞けたその勇気が、私にとっては大きな一歩に感じられて励まされました」

「いえいえ。当時の私は勇気と呼べるような勇ましさなんて持っていませんでしたよ。上司の前でも恐怖で震えていましたから」

恥ずかしくなり、珈琲を一口飲んだ。やはり苦い。少し冷めたからだろうか、苦味がより一層増していた。その苦味をじっくり味わいながら続けた。

「いじめを乗り越えよう、その痛みを乗り越えようというスローガンより、結局『どうしたの?』という何気ない一言が、一番心に染みるんですよね。いじめは、決して乗り越えるものではないと思います。そもそも、私たちは誰一人として乗り越える手段すら知らないのではないでしょうか。だからこそきれいごとを並べるよりも、当事者の立場に立てる勇気が必要だと思うんです」

若者を中心として、会社の人間関係に悩む人が増えている。上司とコミュニケーションが取れない、精神的に圧迫される、恐怖ゆえに言いたいことを伝えられない。そうして無言の退職を選択する人々が多い。仕事の量が多いこと、大変なことには耐えられるが人間関係の狭間で生じる苦味にはどうも弱いらしい。その気持ちが痛いほど分かる。

学生時代に、あるいは大人になってから無視や仲間外しを経験したことがある人は、社会にどれくらいいるのだろうか。無視や仲間外しは、人間に備わっている縄張り意識に端を発する違うものや新しいもの、気が合わないものや受け入れられないものをなぜか排除したくなってしまう人間の心理の表れではないかと思う。しかしこの行為が行き過ぎると、人をどこまでも追い込んでしまう危険な凶器になることを、人間は惜しくも想像することが難しいようだ。

「それにね」と思い出したかのように話し始めた店主の話に耳を傾ける。

「人間関係の歪みは、生きることに多くの影響を及ぼしていて、心の病だけではなく、身体のあらゆる器官の機能低下を促し、死を望む前にそれさえも自ら選択することすらできなくなってしまう危険も否めないんです。それは少し珈琲と似ているところがあって、苦味の記憶は、甘みの記憶よりも鮮明に長く脳と身体に記憶されるので、それがトラウマや恐怖の原因になることもあります。私もそうでした」

うつむきながら話す店主の表情は曇ったままだ。話を続ける店主の手が、小刻みに震えているように見えた。

そんな店主の話を受け継ぐように、珈琲を一口飲み、

「苦い記憶は、できることなら忘れて、生きていきたいと思ってきました。でも、山あり

谷ありの人生の過程で、強い苦味も時を経て不思議にもマイルドさを増していきます。この美味しい珈琲のように」

とガラスでできたカップを少し持ち上げ店主に見せると、店主の曇った顔にくすっと笑顔が舞い戻った。店主の過去に何があったのかは分からない。それでも、その苦味が確実に今日に活かされていることを、店主の笑顔が物語っていた。

実体験として味わったいじめという名の苦味を受け入れ向き合うことで、今ではそれがやる気と強さの根源になっている。いじめによって養われた負けず嫌いが、未来への扉の鍵となる。そうなると、苦味も悪くない。

シュガーとハニーの甘さ

「あ、珈琲のおかわりいかがですか？」

磨いていたフォークを置いて、店主はこちらを見つめている。

「え？　喫茶店で珈琲のおかわりだなんて珍しいですね。いいんですか？」

驚きを隠せないまま尋ねると、

「もちろんですよ。ほら」

と店主は壁に貼られたオシャレな張り紙を指さした。

その張り紙には、『ブレンド珈琲をご注文の方は、三杯までおかわりＯＫ！　ですからごゆっく〜り濃厚で香ばしい苦味を旅してくださいね☺　ＢＹ　ＭＥ』と書かれていた。手書きの味のあるポスターで、もう何年も張りっぱなしなのだろう。今ではポスターのもとの色が分からないほど色あせていた。でもそれがまたレトロでいい。

「ではお言葉に甘えてもう一杯いただけますか？」

「もちろんです！　二杯目は少しシュガーやハニーの甘さを加えてみませんか？」

珈琲に甘さを加えるために、シュガーを加える人とハニーを加える人に分かれるらしい。シュガー派かハニー派か良い議論ができそうだ。

人間関係に問題を抱えている時にこそ、その苦味を緩和させる甘さが間違いなく必要である。辛い環境下に身を置きながらも、そこで踏みとどまり、少し先の未来では地に根を下ろして、自分の足で歩めるように。

「いいですね。いわゆる味変《あじへん》というやつですね。では、ハニーをいただけますか？」

「ナイスチョイスです。シュガーもハニーも同じ甘味料なのにちょっとずつ味や舌触りが違うんです。シュガーの甘さはどちらかというと軽やかな感じで、ハニーの甘さは濃厚って感じですかね。こんなに苦い珈琲もスプーン一杯のシュガーやハニーであっという間にまろやかさが増します。甘みってすごい力ですよね」

店主は、お洒落な小瓶に入ったハニーを机の上に置いた。その小瓶に窓から差し込む日の光があたり、黄色とも金色ともいえない絶妙な色合いのハニーがキラキラと輝いている。

その小瓶を見つめながら、

「確かに甘みには心を優しく包み込む不思議な力がありますよね。苦い経験や思い出によって傷ついた心や環境の変化によってトゲトゲした心をふんわりまろやかに包み、いつの間にか心に安定と安らぎをもたらしてくれます。甘みと言えば、深刻ないじめの状況に耐えることができたのは、私の発する言葉の一つひとつを聞き入れ、決して疑わなかった家族と友人、そして信頼できる先生の支えがあったからなんです。苦味でいっぱいだった心を、軽やかな甘さのシュガーのような愛情と、濃厚な甘みのハニーのような優しさが包んでくれました。その時初めて、心を覆った苦味は優しさと愛情でまろやかに癒やすことができると知ったんです。いじめの渦中で自己否定しかできなくなる状況も、自己を肯定できなくなる状況も、否定という言葉に縛られたように苦しむ心を理解し、温かく無言の愛をくれた人々。人が傷つけた心を、人が癒やすという不思議さを学びました」

と言ってカップに残っていた珈琲を飲み切った。カップの底には、珈琲のカスがこびりついている。

キッチンの奥からまたガリガリと珈琲豆を挽く音が聞こえてくる。おかわりの一杯のために、豆を挽いてくれているようだ。その優しさと心遣いが心に染みる。これを甘みと呼ぶのだろう。店主が意図せず私に与えてくれているこの甘みは、シュガーの甘さかハニー

の甘さか、どちらなのだろうとぼんやりと考えてみる。するとキッチンの奥から、あの鈴が鳴るような声で、

「結局、人は誰かを傷つけることも、癒やすこともできる存在なんですよね。性善説か性悪説かという議論がありますが、人間にはそもそも善と悪、両方が備わっているのではないかと考えずにはいられないんです。大人になるとどうしても愚痴や他人の悪口が多くなりますよね。いじめの形態の変化と同じで、大人になるとどうしても私たちは陰険で皮肉めいていて、複雑になっていきます。一方で、他人を思いやる気持ちや感謝の気持ちがより一層育ち、あらゆる形で他人を労わったり幸せな気持ちにさせることができるようになる。私は、自分のネガティブな部分にいつでも気づき、修正していけるよう気をつけていきます。ハニーのような甘さたっぷりの人でいられるように」

キッチンの奥でどこか自分に言いきかせているかのように話し、くすっと笑っている声が聞こえた。ドリップが始まったようだ。

たしかに大人になると、愚痴が多くなる。それが人の悪口であるときは、最悪だと思うが、そういう自分も悪口の一つや二つ口にしては、その場の雰囲気に身をゆだねてきた。

「環境には、人を大きく変える力があると思うんです。例えば、人を傷つけるグループに属していたら、知らず知らずのうちに人を傷つけているだろうし、人を大切にするグループに属していたら人の痛みを理解し、共感できる人になると思います。私が体験した過去のいじめという苦い経験は、環境に属している人々の言葉を聞くことで、そこに留まるべきか、そうでないかを見分ける目を養ってくれました。まあ客観的に言えば、自分がいじめの対象になることへの恐怖ゆえに、可能な限り好印象な環境を選択しているだけなのかもしれませんが、それが今では功をなしています」

私はドリップの音に言葉をのせるように言った。私の背中を押してくれていた、ポタンポタンとかすかに響くドリップの音色が止み、店主が二杯目の珈琲をこちらへゆっくりと運びながら、

「人生は、選択の積み重ねなんです。人生をよりよく過ごしていくために、極力自分の感情を脅かす環境を選択しない努力と勇気も時に必要です。たしかに人々の流れに身をまかせて、選択の権利を他人に預け過ごしていると楽ですよね。でも苦味を恐れ、楽を求めていては、時に他人を傷つけることや自分を傷つけることに繋がってしまうでしょう。お待

たせしました、ドリップ珈琲です」

と机の上にまだ湯気が立つ珈琲を置いた。すると机の上に置いてあった私のスケジュール帳が店主の目にとまったらしく、

「素敵な表紙のノートですね！　お子さんが書いてくださったんですか？」

と興味をむき出しにしてスケジュール帳に手をのばした。

その意表をついた質問に少し戸惑いながら、

「いいえ、私はまだ結婚はしていなくて子どももいないんです。これスケジュール帳なんですけど、職場の子どもたちとその関係でボランティアに入っている施設の子どもたちがプレゼントしてくれた絵やメッセージをパッチワークして、手帳の表紙にしたんです。あまりにも素敵な絵とメッセージが嬉しくてつい。子どもたちの絵って独特の世界観があって、メッセージ性が強いんですよね」

と店手の手に渡った手帳を見つめた。

「素敵ですね！　分かります。子どもたちの絵には、どこか吸い込まれてしまうようなエネルギーがありますよね。私もこの喫茶店の前にある子ども食堂で月に二回ボランティア

をしているんですけど」

そう言いながら、店主が窓越しに指をさした先を見ると小さな木の板に手書きで『子ども食堂』と書かれた看板が見える。

「そこの子どもたちが色々な絵を描いてくれるんですよ。お店にも何枚か飾っていますが、お家にもユニークな作品をたくさん飾っています」

と続けた。店内を見渡すと、たしかに子どもたちの絵がオシャレな額に入れられ飾られていた。額に入っているからだろうか、それとも店内の雰囲気からだろうか、その独創性がより引き立って見えた。

「本当だ！　額に入れると子どもたちの才能がさらにキラリと光りますね。ところで、子ども食堂ってどんな活動をしているんですか？」

初めて聞いたキャッチーでありながらどこか問題提起をしている名前が気になった。

「子ども食堂はね、その名前の通り子どもたちにご飯を提供している場所なんです。そこに集まる子どもたちはみんな、例えば家庭内暴力の被害にあっている子やお家が経済的に困窮していてご飯を三食しっかり食べられない子、いじめなどで学校に行かれず給食を食べられない子など、家庭や学校で問題を抱えている子どもたちなんです。最近はよくニュースや雑誌に取り上げられるようになりましたが、日本の子どもの貧困が進んだ結果、そこで犠牲になる子どもたちの居場所なんです。でも私は喫茶店もあるから、月に二回しか活動できないんですけど、それでも彼らに寄り添っていたいなと思うんです。お客さんは、逆に子どもに関わるお仕事やボランティアって、どんな活動をされているんですか？」

「私は幼稚園と小学校の幼児と児童の教育活動に関わる仕事に携わり、子どもの育ちに寄り添い見守る活動をしています。一方で特にいじめや家庭環境の歪みから心に問題を抱えている子どもたちのケアをする施設で、いじめの早期発見と対策、そして行き場のない心の居場所になれる環境作りに携わっているんです。私がいじめを受けていた時に、周りの人々から分けてもらった優しさと愛情が、今苦味を上回り心に甘い一杯を注いでいるので、その愛情を私がまた次の世代にゆっくり、そしてたっぷり注いでいけたらいいなと思っています。今の自分を受け入れ、これからも愛せる強さを持つことができたのは、あの時手を差し伸べてくれた人々がいたからなんです。だから、今こうして同じ状況で苦しみ苦い思いを抱える子どもたちに寄り添える幸せを噛みしめながら過ごせる日々に感謝しています」

と小瓶から出したハニーを珈琲に加え、スプーンでかき混ぜる。カップのなかで濃厚な甘みが苦味を徐々に飲み込んで、まろやかに仕上げていく過程を楽しみ、話を続けた。

「小学校や中学校、そして企業のなかにも、いじめや人間関係の歪みから傷を負った心を癒やすプラットフォームがあったらいいと思います。きっと大切な家族や友人、信頼できる同僚や先輩は、傷ついた心を癒やすシュガーのような優しさをくれるし、ハニーのような深い愛情をくれますから。それにしても、店主さんの関わっている活動は社会的にとても意義深いですね。お腹を空かせた子どもたちが今日本にたくさんいますから、そこでしか拾うことのできない子どもたちの声が絶対にあると思います。私も機会があったら今度一度訪れてみようと思います！」

と言って、心地よい甘さが染みる珈琲を一口飲んだ。

いじめられた心を癒やし、今日まで生きる気力と強さをくれた、友人のザクザクと甘さ広がるシュガーのような優しさと、家族のトロンと包み込むような濃厚な甘さをくれるハニーのような愛情は、いつの間にか問題の芽を見分け、早期に摘み取る勇気と人を色眼鏡で見ない強さを与えてくれたのだ。その強さが今しっかり芽を出し、社会のなかで花を咲かせている。いじめという闇に取り込まれず、今日こうして「生」を全うできている、それだけで得をしている気がする。

傷ついた心には、優しさと愛情が一番の薬だ。シュガーもハニーも異なる甘さだけれど、その違いがまた心地よい。

ミルクで濃厚に

午後になり暖かかった外気も冷たさを増したのだろうか。窓のわきで色とりどりのチューリップが揺れるのを見て、春の穏やかな風がゆっくりと通り抜けていくのを感じた。

「それにしても素敵なお仕事ですね」

店主の声で意識が目の前に置かれた珈琲へと戻った。

「子どもの頃に経験したことを活かして仕事を続けられる人って、とても少ないと思います。私もできる限り子どもたちに関わっていこう！　となんだか励まされましたよ」

と続け、今度は大きなボトルに入ったミルクを計り、小瓶に移しはじめた。そのボトルの大きさといったら、店主の頭から首下まであり、重さでしっかりバランスが取れないのか、ボトルを抱える店主の腕が小刻みに震えていた。

「お手伝いしましょうか？」

「いいえ、大丈夫ですよ。いつものことなんです。このミルク大きいでしょ。私が子どもの頃に両親と初めて行った牧場で飲んだミルクがとても美味しくて忘れられず、この喫茶店を始める時に、こだわりの珈琲に合わせるミルクは絶対あの牧場のミルクにしよう！　って決めていたんです。それから、牧場の経営者さんとお話をしてこんな小さな喫茶店のために毎週このボトルに入れて届けてくれるんです」

　ボトルを抱えているからか、それとも店主の熱いこだわりの表れか声に力がこもっている。

「なんだか夢がありますね。店主さんの幼少期からのこだわりが今日に生きているなんて素敵です」

「私も頑固なところがあるんですよ。ここだけは絶対に譲れない！　ってところがしっかりあって、それがいい時もあれば仇になる時もあります。ここのミルク本当に美味しいので、飲んでみませんか？　お客さんの珈琲にはハニーが入っていますが、そこに加えると、メニューにもあるハニースペシャルになりますよ」

　と笑った。店主のこだわりぬいたミルクとはどんなミルクなのだろう。店主と違って食にこだわりを持ったことがない私にとって、それは新鮮な感覚でそのこだわりとやらを試したくなった。

「え！　いいんですか？　では、お言葉に甘えて少しいただけますか？」

「珈琲に入れますか？　ぜひ、ハニースペシャルを試してみてください。おすすめですよ」

　と自信たっぷりに話す店主の言葉に背中を押され、

「じゃあ、店主さんのおすすめというなら珈琲に入れてもらえますか？」

　とカップを差し出した。

「かしこまりました。きっとお客さんの珈琲も冷めてしまったと思いますから、ミルクを温めますのでお待ちください」

　と微笑みながら、ミルクを大きなボトルから小さなカップに移した。

「なんだかすみません。図々しくミルクをもらって、さらに温めてもらえるなんて」

「いえいえ、気にしないでください。やっぱり美味しく飲んでいただきたいですから」

　店主の心遣いに触れれば触れるほど、心が温まるのを感じた。心にへばりついていた苦味もこうして甘みに包まれ、いつの間にか消えているのだろうか。思いを巡らせていると、店主が温かいミルクを運んできた。

「お待たせしました。ミルクです。ゆっくり注いでくださいね。ポイントはミルクを入れたら、スプーンで混ぜないこと。ミルクに珈琲との絡みをゆだねるんです。なんだかお客さんにハニースペシャルを作らせているみたいですね」

と申し訳なさそうに言った。

「いえいえ、私もなんだか楽しくなってきました。こんなにワクワクしたのは久しぶりです。ミルク自身に絡みをゆだねるってなんだかその表現、気に入りました。まるでミルクが意思を持っているみたいで素敵です」

と言いながら、ミルクをゆっくりカップに注いだ。

「珈琲にミルクを注ぐと一気にまろやかになります。苦味と上手に混ざり合い、まるで手を取り合ってダンスをしているかのようです。そして気づけばいつの間にか苦味を覆って、まろやかに導いている不思議な存在です。まさに、ミルクは調和のスペシャリストだと思います」

と店主がくすっと笑った。

「調和のスペシャリストか。なんだかミルクもそう考えると奥が深いですね」

とミルクを加えた珈琲を一口飲んだ。珈琲本来の苦味にハニーの甘さとミルクのまろやかさが加わり、口のなかに何とも言えない絶妙な三重奏が響き渡る。

人間関係のトラブルや歪んだ関係から発する人間同士の様々な問題は、ミルクのような調和のスペシャリストが一人居るだけで、時にあっけなく解決してしまうことがある。私の尊敬する大好きな友人の顔が頭に浮かんだ。いじめの渦中にそっと手を差し伸べ、独特の笑いとユーモアで、私を地獄から地上へとひっぱりあげてくれた人。

いじめている側といじめられている側が対峙している、緊迫する瞬間でも彼女は持ち前の明るさで共通の話題を何気なく持ち込み、会話の世界へと引きずり込んでいく圧倒的なパワーで、その場の雰囲気をがらりと変えてしまうのだ。苦味と苦味のぶつかり合いでもその間にまろやかなミルクが加わると、気づけば苦味が調和している。まさにそれは画期的な化学反応。彼女は、今でもミルクのような調和のスペシャリストだ。いつも、彼女のように問題を問題と捉えることなく、人々の間で起こる摩擦を上手に解決できたらいいなと憧れの念さえ抱いていた。

そんな彼女からある日、会社の上司に嫌がらせをされていて、悩んでいると相談を受けたことがある。ユーモアのセンス抜群で、どんな問題も笑いで吹き飛ばしてしまうような彼女の顔に宿る影。長い付き合いのなかで、初めて目にした苦い顔。どんなに元気な人にでもどんなに笑顔が素敵な人にでも悩みはあるし、みんな悩みながら必死に生きているのだと改めて生きることの重みを実感した。そんな彼女のうつむく姿を前に、私は一言「辛い今日や明日があって、それがいつか苦い思い出になっても私はいつでもここに居て、その辛さや苦い思い出を一緒に感じていくから。だから、まだ来ない明日を思い悩まず、不安定でいい、ボロボロでもいい、迷ったっていい、泣いたっていい。そのままのあなたで今日を超えられたら、それでいいんだよ」と手を握った。その言葉を聞いた彼女の頬に流れた一筋の涙があまりにも綺麗だったことを覚えている。私の言葉がまるで彼女の心にくすぶっていた苦味と調和し、まろやかで優しく甘い心へと変えていくようだった。

人は問題に直面し、日々に苦味を感じている時、ある種の盲目状態に陥りがちだ。知らず知らずのうちに脳内はパニック状態になり、身体も緊張でこわばる。そして、まるで小さい針の穴から糸口をのぞき込むような視野の狭さへと自然に追い込まれてしまう。私もそうだった。

「どお？　美味しいでしょ？」

と右から響く店主の声にふと我に返った。

「はい！　すごくまろやかになって、店主さんのおっしゃる通り本当にミルクは調和のスペシャリストですね！」

珈琲をもう一口飲んだ。そして、心のなかでそこに居るだけで環境のバランスが取れる人、そんなミルクのような濃厚な存在であれますようにと願った。苦味たっぷりの人生にもふと訪れるまろやかなミルク時間があれば、悩みながらも人は笑って前に進んでいける。

オリジナルブレンド

喫茶店には私が座っているテーブル席を含め全部で十二席あった。店主はその机をせっせと拭きながら、

「素材にこだわるってとても大事だとこの仕事を始めて改めて感じたんです。素材へのこだわりがお客様への思いやりになるのかなって。だからもちろんミルクにこだわっているように珈琲豆やシュガー、ハニーにもこだわっています」

そのこだわりがこうして私たち顧客にとびっきりの至福の時間をくれるのだと確信した。

「珈琲豆って世界中で作られているから、自分にこだわりがないと振り回されてしまいます。これ！　という豆に出合うまでに十年はかかりましたね」

と店主は続けた。

「十年ですか！　それで辿り着いた味が今の珈琲だと思うと、なんだか飲みごたえがありますね」

と驚きまた珈琲を一口飲んだ。

一杯の珈琲への思いを語る店主は、無邪気な子どものように楽しそうだ。店主は、話を続ける。

「珈琲の魅力は、種類の豊富な珈琲豆のなかから、好きな豆を選びブレンドすることで、オリジナルの珈琲を作れることにあると思います。好みの苦さや深み、濃さなどオリジナルのブレンドを追求することもまた、珈琲の楽しみ方の一つです。最近では某珈琲専門店をはじめ、珈琲界では『カスタマイズ』が当たり前となり、生クリームやナッツなどのトッピング、珈琲やミルクの種類まで好みに合わせてカスタマイズし、究極の一杯を楽しむ文化が浸透してきました。だからこそ、こういう個人の喫茶店ではオリジナリティをしっかりアピールしたり、〝らしさ〟を極めることがとても大切なんです」

珈琲を愛し、そこに情熱があるからこそ極められる道が確かにあるのだと店主の姿が語っていた。迷いがないということは幸せにとてもよく似ていると思う。この道を歩んでいく！　と意志を持って人生を歩んでいるからこそ、店主の内側から溢れるなにかキラキラしたものがこの街の人を魅了し、ここに足を運ばせているのだろう。店主の思いに感化され、

「店主さんのお話を聞き、なんだかオリジナルブレンドを求めて旅する過程は、人生の歩みと似ているなと思いました。一度の人生を、どのようにデザインするか。どんなことを夢見て実現し、深めて語るのか。日々の選択一つひとつの積み重ねが、人生のオリジナリティを際立たせていくのでしょう。もちろん、みんなもともとオリジナルの人生を歩んでいるし、一人として同じ人生を歩む人はいませんが、その与えられたオリジナリティをより楽しく深め、経験という名のブレンドを加えていくことで、よりインパクトのある輝きを放てるのではないかと思います」

と話しながら店主の熱い思いが私に伝染するのを感じた。

いじめや無意味な他人からの圧迫など、人間関係の歪みで悩んでいた頃は、人と違うことを嫌っていた。みんなと同じように群れて、同じように生活していれば決して、その集団で目立つことはなく、いじめの対象になることはないと信じていた。「同じように」が合言葉の日々。そこに安心感があるはずなのに、いつも心のどこかで感じていたのは不快感だった。心のなかで二つの異なる感情が、ぶつかりあっていた。「自分らしさ」という言葉すら、知らなかったあの頃。自由とは程遠い所で生きていた気がしてならない。「同じ」という足かせは、想像以上に重かった。

「たしかにカスタマイズって私たちの人生に重なるところがありますよね。だからこそ、珈琲って奥が深くて面白いんです。大好きな珈琲を作りながら、こうして訪れてくれるお客様の色々な人生の話をゆっくり聞けるこの場所が、いつしかお客様の心地よい居場所になったらいいなと思っています。みんなオリジナルの人生を歩んでいますが、どうしても自分らしさって忘れてしまいがちなので、自分を語るということを通して自分を深め、自分の輝きに気づいてもらえたら嬉しいですね」

と店主は微笑んでいた。

「自分らしさですか。先ほどもお話ししましたが、私は本当に長い間いじめに苦しみました。自分を否定する日々でしたから、自分らしさなんて考えたこともありませんでした。でも『同じ』という呪縛から自由になり、自分らしさという名の扉をたたいたのは、高校生の時でした。長く閉じこもった殻は、『人と違って何がいけないの？』という、友人の何気ない一言で粉々に砕け散ったんです。彼女は芯の通った力強さを纏った女生徒で、クラスの人気者でした。彼女は他人と違うことが魅力となり人々に愛される人で、私は違うことが排除の原因になると信じてきたからこそ、その時受けた衝撃は今でも覚えています。違うことが魅力になることを発見したあの日は人生の分岐点であり、自分だけのオリジナリティを追求するカスタマイズありきの日々を送るきっかけになりました

私の話に耳を傾けていた店主は、

「それは衝撃的な出来事でしたね。自分を変えるって簡単なことじゃありませんよね。私もボランティアで関わっている子どもたちを見ていると、特にいじめは自分自身や属している環境を変えるために必要な気力をあっという間に奪っていきますから、そこで勇気をだして自分らしさへ意識を向けられたことは大きな一歩です。それに、人と違うことって特に日本ではそれ自体がいじめの原因になってしまうんですよね。人と違って当たり前のはずで、人と違うからこそ人生は楽しいはずなのに、それが同調性と拮抗していたかと思えば、最終的には同調性が優勢になってしまうのが学校という組織のある種の特性なのだと思います。そして、同じではないと認められた瞬間からその子にとって学校は居場所ではなく地獄へと変わってしまいます。そんななか、きっかけが何であろうと自分で自分らしさを見つけ、今の姿を確立できたその経験をお仕事で活かしていること、やっぱり素敵

です」

と店内を整え、最終チェックを終えた店主がこちらへ向かいながら言った。

「そんなに褒めていただけるほど、まだ全然今の仕事で力を発揮できてはいないんですが、私はどんな状況に置かれている子どもたちにも最大限寄り添って、一緒に歩み成長していけたらと思っています。正直にお話ししますと、いじめを受けていた頃は、もちろん自分が悪いと何度も考え、消えてしまいたいと思ったこともあったし、いじめた相手を長い間恨んでもいました。彼女とは、中学を卒業後離れ離れになって今日まで一度も会っていません。高校生活が始まってある日のこと、彼女がいじめを原因として退学になったことを知りました。その当時は、その事実にどこか喜んでいる嫌な私がいました。どこか自分が正当化された気がして嬉しかったんです。でも、今こうして年を重ねてみると、微かに覚えている彼女の家庭環境や学校での友人関係を考えると、彼女も居場所を探してもがいていたんだなって。あの頃は、私も彼女もまだ子どもで未熟だったんです。いじめるという手段とそこから逃げるという行為でしか会話ができなかった。お互いに非があったことは確かです。でも、それを乗り越え受け入れる勇気も手段もありませんでした。今となっては彼女の存在といじめに苦しんだ日々にとても感謝しています。あの過去がなければ、今の私はいないからです。過去を活かした今日があり、今日の経験を活かした未来がきっとある。人は、味わった痛みや苦しみの分だけ、強くなり、優しくなれると信じています」

と言ってカップに残っているわずかな珈琲を飲みほした。またカップの底に珈琲のカスがこびりついている。

だからこそ、幼少期から自分のなかで沸々と湧き上がる疑問を今日に至るまでのテーマにしてきたように感じている。心のなかで燻る苛立ちや思いをなぜいじめという手段でしか発散できないのか、そもそもなぜいじめが頻発するのか。子どもたちとの関わりを通して、その答えを探しているのだろうか。私にもまだ分からない。でも、この道が私にとって迷いのない道であることは間違いない。なぜなら、私のオリジナリティがもっとも輝く場所であると信じることができるからだ。そして、自分らしくいられる場所であるからだ。子どもたちにとって私という存在が居場所であるように、子どもたちもまた私にとっての居場所なのだ。

私の話に真剣に耳を傾けていた店主は急に、

「そうやって客観的に自分を見つめられるようになったのは、単に年を重ねたからではなく、お客さんが過去と向き合って生きてきたからだと思います。過去は放っておけば勝手に過去として積み上げられ、過去という一つのくくりのなかで埋まっていくけれど、そうやって苦い過去も向き合うことで良い過去、綺麗な過去として上書きしていくことができるんだなって学びました。私たちはどうしても苦い過去を忘れたいと思って前ばかり向いているけれど、それだけじゃ永遠に苦い過去から逃れることはできない。それを受け入れて向き合うことで、苦い過去も人生を成り立たせる大切な要素として存在していくんですね。あ、お済みのカップおさげしますね」

と言って飲み干したカップを持ってキッチンへ向かった。

人と違うこと、そして違う自分を好きになることができると、毎日がよりカラフルになる気がする。他人と同じであることに満足していた頃は、毎日同じ色に染まる他人色の日々を過ごしてきた。

人生をオリジナルブレンドへと創り変えていく一歩は、今日にある。今日一日、どんなブレンドを楽しもうかと目覚めた時からわくわくできるそんな日々を送る生活を繰り返しているると、いつか振り返った時にオリジナルの道が私の後ろに伸びているはずだ。最もオリジナリティが輝く瞬間には、どんなトッピングが必要かと考えを巡らせる楽しみを明日、明後日と積み重ねていこう。

自分にしか歩むことのできない、選択することのできない人生が必ずそこにある。人生は、ブレンドを楽しんでこそ充実し、有意義になるのではないだろうか。今日もまた、オリジナルの一杯のためにカスタマイズを楽しむ。

珈琲は冷めてからが本番

ふと窓の外を見ると太陽が沈みかけているのだろうか、窓の外を行き交う人々の足元に長い影ができている。

「そろそろ閉店の時間ですよね？」

キッチンの奥で片づけをしている店主に声をかけた。

「いいえ、まだこれから仕事終わりに寄ってくださるお客様がいらっしゃるので、閉店時間はだいたい夜の九時頃ですかね。ですから、時間があればゆっくりしていってくださいね」

キッチンから出てきた店主は笑顔で答えた。そして、窓から外を見つめて、

「あら、もう日が暮れてきましたね。この時間、ここから綺麗に夕日が見えるんですよ。ちょっと見てみませんか？　きっと外は気温が下がっていますから、上着を持っていきましょう」

とキッチンの奥から若草色のカーディガンを持ってきた。私も薄手のトレンチコートを

羽織り、木製の古びたドアに手をかけた。ついさっき、このドアに引き寄せられて入ってきたばかりなのに、長居をしたせいかずっと昔にもこのドアが開く時に響くギーという鈍い音を聞いたような気分になった。ドアを開けると、薄暗い店内からは想像もできないほど強烈な光を放った夕日が空を真っ赤に染めていた。

「ほら、綺麗でしょ。いつもこの時間になると赤く染まる空を見上げては、今日という素晴らしい一日に感謝するんです」

店主は、羽織ったカーディガンのポケットから手を出して、温めるようにすり合わせながら続けた。

「毎日、ここで珈琲を出す日々にお客さんからは『飽きないの？』と聞かれることがあります。私にとっては毎日やってくるこの夕日と同じで、他人からは同じように見える事柄も、私にとっては毎日ちょっとずつ違う新しいチャレンジなんです。私たちは同じ日をもう二度と繰り返すことができません。だからこそ、ルーティン化している作業も、そこに工夫や考えを加えていつも違う、新しい活動として楽しむことが大切なんですよ。物事には今しかできないことって必ずあって、その期間とタイミングをしっかり見極めて、歩んでいくためには日々チャレンジ、鍛錬していくこと、そして何よりも今この瞬間を思いっきり楽しむことが重要なんです」

そう語る店主の姿に夕日があたって、店主も赤く染まっていた。それが夕日の赤さなのか、店主から湧きあがる情熱の赤さなのか、そんなことはどうでもいい。ただ素直に美しいと思った。そして店主は、

「珈琲って冷めるまでが勝負って思っている人がいますが、冷めてから始まる楽しみもあります。冷めてからでないと感じることができない苦味や深みがたしかにそこに存在していて、それを知った時に初めて珈琲の本質に触れることができると思うんです」

そう語る店主の視線がこちらへ向いているのを感じた。

「恥ずかしいことに、私も冷めるまでが勝負だと思っていました。まだまだ未熟者ですね」

と恥ずかしくなり急に頬が火照った。でもこの夕日のおかげで赤く染まったであろう頬も気にしなくてよかった。

私に向けられていた店主の視線は、また夕焼け空に戻っている。そして、どこか遠くを

見つめるように目を細めながら、

「例えば、珈琲を私たち人に例えると、珈琲が熱いうちはだいたい四十歳過ぎくらいまでにあたるでしょうか、思いっきりチャレンジして沢山失敗もして経験値を上げていく、情熱が先行して何でもできる時期にあたります。そして人生はそこからが本番なんです」

と店主が紡ぐ言葉に力が入るのが分かった。

「つまり珈琲で言えば、冷めたところからですが、熱く情熱を燃やしていた時期に積み上げてきた経験を今度は社会に還元していきます。そして培ってきた人との繋がりを最大限に活かして、その人にしか残せない足跡を社会に残していくんです」

店主が放つ熱気がこちらにも伝わり、話を続ける店主を見つめた。すると、店主はその視線に気づいたのか、こちらを見つめて、

「よく味がある人っているでしょ。上手に歳を重ねているというか、深くて苦くてどこか甘くて、それは若い時には纏えない味なんですよね」

そう語る店主の笑顔には、味がある。上手に歳を重ねることを体現している店主を前に、「なんだか店主さんのお話を聞いていると、何事にも『遅すぎること』なんてないんだな

と思い知らされます。私を含め多くの人が歳を重ねることを嫌います。年齢にとりついている勝手なイメージを具現化しているのは私たち自身であるのに」

年齢を重ねることに恐怖を感じることがある。単なる年齢という数字に翻弄され、いつの間にか早足になっている自分に気づいた。ポケットに入れた手を秘かに握りながら、

「例えば三十歳までに結婚して子どもを産まなきゃ！　などと、年齢に煽られるかのように生きている時があります。あれをしたい、これをしたいという思いも、もう何歳だから諦めて落ち着こうとか、何歳までにできればいいかとか、期限やタイミングも他人が決めた年齢のルールに委ねて生きているように感じるんです」

ポケットのなかで握ったこぶしに力が入る。

ふと、背中にぬくもりを感じた。何かを感じ取ったのだろうか。店主の温かい手が私の背中をさすってくれていた。店主の手とコートの間で起きる摩擦によって、背中がポカポカと温まるのを感じた。一瞬にして心に宿った苦味が、甘みとまろやかさを帯びた手によって柔らかく包まれ、ほぐれる心とともに、握られたこぶしが解かれるのが分かった。そして、店主の温かな手に励まされ、ことばを続けた。

「でも、いつだって、何歳になってもその段階でしかできない新しいことや役割が必ずあって、それを自ら選択し、全うすることが幸せにつながっていくんですね。私もいつか味がある人になって、私にしか作れない歴史を刻んでいきたいですね。なんだか明日を迎えることがとても楽しみになりました。今日ここにきて本当によかったです」

赤く染まっていた空がだんだんと紺色に変わってきたところで、このままお会計をして帰ることにした。このワクワクと高まった気持ちが消えてしまわないうちに、家路に着き夢のなかまで持っていきたいと思った。荷物を持って外へ出る私を見送りに、店主がドアの外まで出てきてくれた。

「また来てくださいね。いつでも待っています。ここで」と言ってくすっと笑った。そして深々と頭を下げて「ありがとうございました」と見送ってくれた。

やっぱり熱い珈琲が好きだ。冷めてからの独特の苦みを増した珈琲も、いつか好きになれるのだろうか。母が言っていた「苦味に趣を感じるようになる」、「苦味が忘れられない刺激になる」という言葉を初めて身近に感じた。

エピローグ

朝の目覚めの一杯もいいけれど、三時のお疲れ様の一杯も最高だ。ちょうど疲れがピークに達する時間帯に、豊潤な香りが心身を癒やし、魅了する。まるで、お疲れ様と言っているかのように、深い香りと奥行きのある豆の味が安らかなひと時をくれる。たった一杯だけれど、その一杯が人生を豊かにしていることは間違いない。体調や気分に合わせて、好みの豆の味や甘さを調節できるところも嬉しい。

苦い思い出は、誰にでもあるだろう。思い出したくないことや、忘れてしまいたいこともある。しかし、たとえそう願ったとしても、苦い記憶というのは珈琲を飲みほした後にコップの底にしつこくへばりつく、珈琲のカスのように、いつまでも鮮明に記憶されるものだ。

いじめに悩んだ過去を消し去ることはできない。いじめた相手を長い間、憎んでいたことも嘘ではない。そして、あの辛かった日々が、今こうして地に根を下ろし自分の足で人生を歩み続ける強さをくれたこともまた事実である。

苦い記憶は、それだけにとどまらず、何かしらの学びやヒントをくれるものだ。過去は私の記憶以外には決して存在していないけれど、こうして誰かと分かち合うことで、見知らぬ誰かの記憶のなかにも断片的に残っていくのだろう。どんなに辛い過去があったとしても、今この瞬間私の目に映る世界だけが音と色と匂いを持った意味のある世界なのだ。

今この穏やかな心は、いじめをはじめとするあらゆる人生の苦味に感謝している。苦味があったからこそ、シュガーやハニーの甘さ、そしてミルクのまろやかさを味わうことができている。そして、これからも。一杯の珈琲と共に続いていく明日に、心躍らせながら。

あとがき

今では廃屋となってしまったその喫茶店は、当時小学生だった私にとって絶好の居場所でした。日々の激しいいじめに耐えながら通った学校には、居場所と呼べるような安全基地はどこにもなく、小学校や中学校時代の思い出は決して華やかなものではありません。しかし、そんな生活の中で唯一楽しみだったことが、学校からの帰り道にある喫茶店の店主さんの日課である花の水やりを手伝うことでした。どこからともなくやって来た私を、いつも何も言わずに温かく受け入れてくれました。お手伝いのご褒美としてもらうビスケットとカフェオレ、そして店主さんの優しい笑顔と心遣いに何度も救われました。

今回、このお話に登場する店主さんと若い女性には、過去の私、今の私、未来の私を反映している一方で、そこに大好きだった喫茶店とその店主さんの影を重ねました。そうすることで、永らく向き合うことを避けてきた苦い記憶や辛い思いを、穏やかな気持ちで最後まで文字として呼び起こすことができました。こうして人生の人間臭いリアルを書き上げる過程は、私と過去の二人三脚であると共に、私と喫茶店の店主さんとの二人三脚でもありました。

また、現在日本社会における経済的・精神的貧困に苦しむ子どもたちの姿、そして、数々の社会的問題群に埋もれてしまいがちな「いじめ」や人間関係の歪みから生じる問題を、私の人生に重ね語ることで、少しでも現代を生きる子どもたちや若者の抱える苦悩を本を通して共有し、寄り添うことができたらと切に願っています。

今日まで、強く生きずとも私らしく生き抜くことの大切さを教え、寄りそってくれた家族や友人、何気ない疑問にも真摯に向き合い道を照らしてくれた先生方、そして何よりも、今回こうして人生をテーマにした素晴らしい執筆の機会を与えてくださった文芸社の皆様に心から感謝しております。こうして過去に向き合えたこと自体が私にとって価値ある人生のひと時でした。ありがとうございました。

著者プロフィール

清水 美好（しみず みよし）

1992年４月25日生まれ。

長野県上田市出身。

宇都宮大学国際学部卒業。

早稲田大学大学院文学研究科在学中。

幼少期からの「いじめ」という経験を糧に、現代社会を生きる子どもたちの経済的・精神的貧困を研究した後、幼児・児童教育現場で保育士兼英会話教諭として子どもたちの育ちに寄り添い、豊かな子ども期を守るために日々活動中。

きっかけは珈琲カップのなかに

2021年４月15日　初版第１刷発行

著　者　清水 美好
発行者　瓜谷 綱延
発行所　株式会社文芸社
〒160-0022　東京都新宿区新宿１－10－１
電話　03-5369-3060（代表）
03-5369-2299（販売）

印刷所　株式会社フクイン

ISBN978-4-286-22528-9